es 1950
edition suhrkamp
Neue Folge Band 950

Albert Ostermaier nimmt letzte Mythen der Menschheit, Liebe und Lust und Tod – die traditionellen Themen –, ins Visier seiner Verse. Diagnose: Herzversagen. Seine ›Liebesgedichte‹ sind Faustschläge aufs Herz der Poesie, Wiederbelebungsversuche an einer totgeliebten Gattung. Nach jedem Gedicht könnte das Epitaph stehen: Hier lieg' ich, von der Lieb' erschlagen.

Illusionslos sezierend ist der Realismus von *Herz Vers Sagen*, Liebe ist bei diesem jungen Dichter gefriergetrocknete Einwegware, und das intimste Versprechen von Liebe ist der Tod.

Die romantischen Hymnen an die Nacht und die Liebe haben in diesen Gedichten den Infarkt hinter sich: »die nacht gehört den toten kavalieren / die selbst im kalten fleisch noch erigieren ...«

Albert Ostermaiers Lyrik aber weitet sich auch ins Politische, in deutsche Geschichte. Die Exilanten, für die seine Verse das Requiem anstimmen, sind die von der Liebe zu einem Land, das sie auslöschen wollte, Erschlagenen.

Albert Ostermaier, geboren 1967 in München, lebt dort. Er veröffentlichte in zahlreichen Literaturzeitschriften und Anthologien, darunter in *Erste Einsichten* (es 1592). Von ihm erschienen die Prosa *Scherbenmorgen* (1990) und der Gedichtband *Nicht in Venedig* (1991). 1993 erschien das Theaterstück *Zwischen zwei Feuern. Tollertopographie*. Die Uraufführung findet im Juni 1995 im Bayerischen Staatsschauspiel statt (Regie: André Wilms; Bühne: Erich Wonder; Musik: Brian Eno).

Albert Ostermaier
Herz Vers Sagen

Gedichte

Suhrkamp

edition suhrkamp 1950
Neue Folge Band 950
Erste Auflage 1995
© Suhrkamp Verlag Frankfurt am Main 1995
Erstausgabe
Satz: Leingärtner, Nabburg
Druck: Nomos Verlagsgesellschaft, Baden-Baden
Umschlagentwurf: Willy Fleckhaus
Printed in Germany

1 2 3 4 5 6 – 00 99 98 97 96 95

Herz Vers Sagen

ratschlag für einen jungen dichter

als dichter musst du wissen wie
man leute killt köpfe zwischen
zeilen klemmt sie plätten satz für
satz das ist das blei das du hast
ein gutes gedicht braucht heut
zutage einfach einen mord damit
die quote stimmt sie nicht zum
pinkeln gehn wenn du um ihre
herzen wirbst musst du sie brechen

I
Faust aufs Herz

Das Morgenrot
Ist sehr schön und der Mensch
Hat ein Herz und es ist
Kühn, eins zu haben.

faust aufs herz

hier hängt er drin
in meiner brust
der alte sack &
kann nicht raus
aus seiner leder
haut & weiss
nicht mehr für
wen er noch ge
schlagen wird
geschlagen
schon genug
mit all dem
sand der ihm
aus seinen
nähten platzt &
platz macht
für ein neues
herz das schlägt

na und ich bin tot & seh
mit blutverschmierten augen
dass dir das herz noch
schlägt seh dein messer das als
wär ich ne stechuhr mir immer
wieder zwischen die rippen
rennt kannst ruhig aufhören die
raffinerie macht feierabend in
der lohntüte ist noch platz genug
für mein bisschen asche komm
steck mich an könntst mich
noch mal für dich entflammen deine
kippe danach kannst mich als rauch
dir reinziehn dann du tut mir leid
meine liebe weiss nur wenig worte
es ist schön an deinem blut in
deiner lunge noch ein wenig
sich im teer zu wärmen hab
mächtig federn gelassen der
engel ohne flugerlaubnis fährt
zur hölle jetzt & sagt leb wohl
soll dich der teufel holen

vier rote lippen

›Rote Lippen soll man küssen,
denn zum Küssen sind sie da.‹

Deutscher Schlager

I
hallo lolita mit den fleischfresserküssen
ich hab mich festgebissen in deinen
lippenkissen du wirst sie bald vermissen
müssen wenn ich die betten aus dem
fenster häng

II
hallo femme fatale mit den haaren auf
den zähnen ich trag die kopfhaut kahl
werd mich mit deinem schopf
vermählen & dir das wort im mund
abschneiden

III
hallo eiserne lady mit den kronen im
gebiss dein bisschen gold ist mir
gewiss ich zieh dir diesen zahn das
loch stopf ich mit einem riegel
marzipan dir gratis zu

IV
hallo kleine mit den moskitoaugen &
dem sumpfherz du stichst mich
aus dein bauch ist schon so voll
von blut & meiner leer & fahl die
lippen auf den deinen

DJ ecstasy

engelchen wie wärs mit einem
ringelreihn wir werfen uns das
manna ein & lassen die po
saunen schreien tanzen uns zu
grund bis wir an den hoden
uns sind einander in scham
am boden harrend offenbaren
wies sich am geilsten wie ver
boten stirbt sos die alte scheibe
nicht mit ihren kratzern noch
verdirbt & ER uns die kugel
gibt

mona lisa junkie

›Elende Sterbliche, öffnet die Augen.‹

Leonardo

wenn der letzte schuss farbe
dies leinen löscht auf dem du
deine bunte erde brennst
werd ich dir ganz gehören mit
haut & pinselhaar das du
aus meinen starren wimpern
pflückst wie wünsche von den
augen hier diesen knöchel den
liebsten meiner hand leih ich
als stift dir dann für deinen
leichten strich mit dem du meine
lippen noch mal schwingst zu einem
lächeln gut getroffen im goldenen
schnitt

malen nach zahlen

jedesmal wenn ich dich
mir ausmale machst du
einen pinselstrich durch
meine rechnung mit einer un
bekannten die sich nicht
auflösen lässt in schwarz
oder weiss so oft ich sie
auch umstelle & dir nach
du tanzt vor meinen augen
nimmst schritt für schritt
die ziffern mit in meinem
kopf auf dem ich plötzlich
stehe & verstehe wie leicht
es doch geht mit den füssen
im himmel & dem herz über
der stirn ihn zu berührn

bevor es nacht wird

bevor es nacht wird & die
zukunft aus dem rahmen
fällt mein engel der mich nie
verliess sich
in der strassenbahn die haare
schneiden lässt & sein locken
eisen dem schaffner schenkt
bevor die boote im hafen sich
mit der sonne vertäuen & der
horizont müde in die gläser der
matrosen sinkt & das meer sich
ausschüttet vor lachen noch
bevor die herzen in den küchen
auf den zwiebeln tanzen es
nacht wird endlich nacht wird
will ich in deinen armen liegen
sicher vor dem abgrund der
welt wenn es nacht ist & kein
wort das andre mehr nur
die lippen findet die es
verloren

leuchtender pfad

blindgänger bastard komm komm
mit deiner zündschnur dreh die
kugeltrommel dreh sie komm
steck dir den lauf in den
kehlkopfschaft komm drück ab
versuchs noch mal knüpf den
gurt auf lass die hülsen aus
dem streckverband komm drück ab
ätz dir die flügel schöpf dir
den schwefel aus den lungen komm
ich will dass dir die lava
in der galle kocht & du
mit feuersteinen knallst wenn
du kommst komm

frevel

magen voll
heiligenblut pump
ich in engelschnürschuhen
tret elefantenpastete
ich füll dir die
hornhaut mit
germanengrütze nagle
meinen nabel an
deinen & dreh dir
den rücken pfahl

minotaurus in den spiegeln

›Le torero face au toro,
face à un miroir méchant.‹

Michel Leiris,
Miroir de la tauromachie

hinter einem brennenden schleier
drehst du dich & drehst dich heiss
ein rotes tuch vor dem sturm
meiner genarrten augen die unter
deinen brauen sich schleifen zu
einem blutigen mond dessen sichel
deinem sonnigen gemüt einen schmoll
mund schneiden wird mit winkeln bis
unter die gürtellinie wenn ich mich
doch vergehe an der gnade deines
lächelns mir einen stoss geb & den
kopf verlier in meinem menschenherz

haute couture

so bin ich aus der mode & aus
dir gekommen die schere
im herz auf den leib
geschnitten die liebe
mit der du mir die
haut abzogst bald trag
ich meine knochen nach
dem letzten schrei nur
sieben leben hab ich sieben
nimmst du auf einen stich

laufpass

so weit
die füsse mich auf händen tragen
über die täglichen klingen trägt
das springende herz wie die
strassenflucht aus dem kreisverkehr
der wolken die noch immer den
siebten himmel suchen solang
die hoffnung noch ausgeht
mit den gedanken von einem silberling
die parkuhr sich aufziehen lässt
bis ans ende der welt bis sie mir
endlich aus der haut fährt solang so
weit & keinen schritt mehr lauf ich
dir nach

abbreviatur für vier hände

du wolltest dass ich dir nicht ab
handen komme ich kam & du
bandst mir die hände die dich
suchten in der kurzen zeit
zwischen unsren tastenden
worten die niemals sich fanden
du batst komm mir nicht ab
handen ich kam & du warfst das
handtuch: aus den händen aus dem
sinn der nicht zu greifen ist mehr
ich bitt dich komm mir nicht ab
handen ich kam wollt dich auf
händen tragen & trug nur die
schuld du komm mir nicht ab
handen ich kam die hand
liegt noch im feuer

disposition phoenix

abbruchmuskel/zerstörter ein
lebenswarm noch voller
widerneigung was war
an den schläfen trümmer
frauenhände klumpen
herzsteinstück im
handbett dein tagebau

woyzeck tanzt wieder

marie zum abschied schenk ich
dir mein kind ein männchen
aus plastiksprengstoff mit zwei
knallerbsenaugen & der alten
batterie aus meinem
ausgelaufenen herzen den
unterleib dreh ich mit
luntendraht damit magst du
es zum schmuck ans ohr
dir hängen wenn du
zum tanzen gehst & der
major mit heissen blicken
an deinem läppchen klebt so
wird er dann schon sehn
wie unsre lieb in
flammen steht & nie
marie vergeht

danton & das mädchen

ich lieb dich wie das grab für was sich ziern
komm wir spieln kadaverkoitiern
die nacht gehört den toten kavaliern
die selbst im kalten fleisch noch erigiern
was werd ich mich mit worten noch geniern
wenn mir die spermien schon vor dem schuss krepiern
die adern eisig in der leichenlust gefriern
mit dir den letzten menschen zu berührn
noch mal ein paar von lippen im september spürn
was werd ich mich mit worten noch geniern
lass sie uns einfach ignoriern
die zungen ineinander rührn
solang bis wir den kopf verliern
ein jeder in des anderen schoss

das goldene blatt

eurydike gegenläufig orpheus im
keller hat die abgegriffene e-leier
mit orgasmusgarantie für einen
leiterfrosch verkauft MUSEN
AUF DEM STRICH STÖCKELN DIE
UM JEDEN BLANKVERS ODER SCHLAFFEN
STABREIM AUF MR. HERKULES WUNDER
SAME LENDENPOTENTIALE überschüttet
sich die neonbotin ein
strafprotokoll in der schlangen
kopfperücke MODELL MEDUSA &
so weiter vom telephonsex mit
den göttern DIE JETZT AUCH
SCHON SCHLIMMERES VERHÜTEN

schneewitwchen

›Tell me
how does it feel to be
on your own‹

Bob Dylan

keine angst ich geh von allein &
such mir die passende kühlbox wo
ich überwintern kann für deine
liebe die zu spät kommt mit einem
rosendorn im kalten herz wart ich auf
dich wenn alles von mir abgefallen ist
& ich schon dahinschmelz auf einer
parkbank eines schönen morgens
dass du mich nimmst wie ein schneller
brüter & ich mir das hirn nicht
länger spalten muss ob ich nur
der müllsack bin den du durch dein
leben schleifst bis du ihn
abfahren lässt

im kasten kähne von
bunten wetterhüllen
bedeckt büstenhalter
beim drängeln der
wolken prallvolle
strapse fanggarn im
bauchigen wind die
choreographie des
wetterhimmels der
seine pinsel ins
wasser schlägt &
das ruder dreht an
schwimmenden särgen
wo spitzen mit den
feuerknöcheln der
nächtlichen vögel noch
tanzen auf der verhangenen
bühne des meeres wenn
die belichtung versagt
& die blenden sich
schliessen wie ein
ersatzteil der augen
de capo der mond sich
verspult ins ende des films

pigmentgraffiti

schweissnaht zwischen haar
ansatz & himmelhoch ausgeworfener netz
haut schnitt regenblech ein lampen
schirm pigmentgraffiti &
immer der film der sich durch
adern spult blutbilder blu
mendünger im erdbett der
fussnägel die aus
gilben wie ein müder sonnen
untergang AUG UM AUG

wie wärs mit ner dusche
benzin nem alten chevrolet
der dich unter seinen achsen
übers land schleift oder nen streich
holz zwischen den zähnen zu
kauen während das kino ab
brennt in dem sie deinen
liebsten film extra für dich noch
mal wiederholen wie wärs dir
einfach die schlappe kühlerfigur
zwischen den beinen zu schnappen &
ihr mal so richtig freien lauf in
der flinte zu lassen du wirst sehen
das schrot wird dir wie popcorn
im magen kleben & deine eier sich
drehn wie in ner mikrowelle kein
schlechter abgang für ein wildes
herz vor dem abspann

crash test dummy love

ich versetz dir den schock fürs
leben werd dein seelchen animieren
es dir schon einrenken mit meinem
knüppel ihn so lang an deinem fell
reiben bis die kerzen in deinen
augen zünden & dem maschinchen
ein licht aufgeht wenn die batterie
läuft wie geschmiert & du voll katzen
jammer erst nach dem nächsten fehl
start beginnst deine leben neu zu
zählen

II
Blank

… du mußt
Eine Rechnung machen
Mit aller Weisheit und Erfahrung
Deines Alters, die
Nicht aufgeht.

as time goes by

es gibt eine zeit in der wir uns
nicht die stundenzeiger an die
gürtel binden werden die ziffer
blätter tätowiert in den augen
tragen ein glockenseil im rück
grat es wird eine zeit geben die
anders ist vielleicht wenn das
schwere blut durch unsre körper
fließt wie sand & niemals zurück
kehrt eine zeit der die sonne
am höchsten steht für immer
still & kalt auf der stirn

auch das blatt unter den versfüssen
verpfändet worte leerstellen ins aus
weglose verrannt im bleisatz ab
gestempelt ein rhythmus glut auf
der zunge noch wie zündköpfe die
verlaufenen augknöpfe des stehaufsand
männchens die verzweiflung aus den
tränensäcken streubomben zum ENDE
an

die zeche

wofür ich will das leben hassen &
in wüsten fliehen du meine
mördergrube hab dich
stillgelegt schicht für schicht
die kohlen aus der hütte die ich
nicht gebaut gestohlen bis das licht
ausging am krisenherd um
den ihr mich beneidet diesen
intellektuellennickel der mir
wie scheuklappen den blick
bündelte für das liebesspiel der
tauben die sich auf dem förderband
die herzen anheizen unter den
kapuzen kochen vor der lust mit
ihren köpfen die brandmelder
einzuschlagen sich im scherben
nest das blut von den schnäbeln
zu küssen & die leber zu mästen
dem adler für das genie ich kenn
nichts ärmeres unter der sonne

du kaust mir ein ohr schneid es dir
als bubble-gum ab oder stürz mich
vom zweiten stock in die von
japanern & ihren zelluloidsärgen
besetzte cafeteria bedien dich reib
mich ab mit sonnenblumen & spuck
die kerne mir ins klaffende maul ich
möchte über mich selbst hinaus
wachsen zumindest das öl das
aus den einschusslöchern quillt für
die palette deiner unerwarteten
zärtlichkeiten du kannst mir den
schädel rasieren warum nicht ich
schenk dir das modell eine leinwand
ganz aus haut nur versprich mir eins
bring mich in die nächstbeste wasch
anlage bitte & spül mir diese farben
aus dem Kopf

regieanweisung tropenfeuer

zünd das herzarchiv an ein leuchten von
tabakshäuten EIN WEISSER DAMPFER AM
KANAL TRÄGT BLUTIGE SEUCHEN HERAUF
                                        hafen
strichjungen empfangen dich mit einem
goldnen flaum über den blaugeliebten
kinderbacken geschwister der ein
regenbogenläufer engeltrotzkopf stürzt
über die himmelsstirnränder meinen
bleisatz auf den schulterstumpen flug
blätterblei wie bleich in die
feuerzungenwälder am strom (auf dem
wartenden nachen IKARUS AUS SALZ
BURG wechselweise FITZCARRALDO CARUSO &
                                        ICH)

wagners wasserbett

Weia kopfunter ersoffen Waga
Wo der dichter kopfüber Wieder
Woge Welle haargischt kopf Walle
Wohin Wo über zur Wiege
Wagalaweia die schaumkrone dichter Welch
Wallala auf offener see Weiala
Weia Wasserleichenblues brandungslungen Wie
Wellgunds lover Wiederaufbereitet Willig
Wartend Woglinds Wogen

dichterstrich

›Vom Dichter.
Das habe ich bei den Menschen als größtes der Wunder
erfahren,
daß es weder die Erde gab noch den Himmel oben,
weder gab es Baum noch Berg,
weder schien irgendeine Sonne,
weder leuchtete der Mond noch das helle Meer.‹

Wessobrunner Schöpfungsgedicht

I
mein stichwort sterben nie gelernt
in der abendschule kaum das
nichtsterben beim drachentöten
klägliche stosszeit den blauen
zündkopf dichter den schwellen
zu wetzen & stiften zu gehen
für einen bypass ins glück am
ende des tunnels was bleibt ins
schliessfach & zurück in
die rush-hour der götterboten

II
warum wölbst du uns den rücken über
deinem nabelbruch zum grat noch
schwitzt baucontainer voll marmorstaub
unter deinen zu den händen hin schon
steifen achseln während dein blutleerer
schweiss die zitternden knochen
schmiert niemand bohrt dir eine lanze

in den leib presst dir in den venen
die luft zu stein wenn wir auf deinem
kreuz uns brücken schlagen denn ein
jeder trage des anderen stiefel der weg
auf dem nacken bist du

III
das menschdortsein das
hierverfaulen auf ab
schüssigem
boden dörrobst süss
nach dem
fall & welche lust zu
brennen

IV
die schwarze acht möcht ich sein
die eingelocht in deine lungenröhren
rollt den hals dir stopft & den atem
nimmt am weg der stein wollt ich sein
der dir das grab schliesst & ein
anstoss ist den zungenbrechern

V
wenn mir einer nur das leben nehmen
könnte das heft aus der hand das
herz ins marschgepäck & mich
ablöste im stechschritt sein
bajonett zum abschied im hirn
mir liess dass eine freude wäre auf

den gräben zu tanzen sich die lunge
leer zu brüllen bis ein licht den
augen glüht das ewig ist & ich
hinginge in frieden der mit euch
ist mit mir ist der krieg & der zieht
nicht vorüber

VI
im herrgottswinkel die
bestäubte jungfrau steht im
krampfaderfrühling alles blüht &
spritzt wenn man sie küsst mit
spitzen zähnen du mein blauer
engel auf dem strich ich nehm
dich mit & wasch dir das gold
aus den beinen

VII
ich träum davon meine halskrause
unter ein kutschenrad zu schmiegen
brüssler kieselsteinspitzen im
strassenbett zu empfangen über dem
kehlkopf den heiligenschein des
radmachers das blechbeschlagene
rund noch nass & strahlend von einer
pfütze voll märzsonne im schotter

VIII
auf der letzten wanderung durch
diese verzückte ödnis hab ich
mir die fersenhaut gut blutig
gewetzt den schweiss verpanscht
mit dem klebrigen zement der
steinläuse die ihre pyramiden
treiben ins herzland der welt wo
am end sie dir gletscher vor den
grossen zeh spucken & du dir die
fersen kühlst in einem erfrorenen
maul

IX
die osterglocken gehn vorüber nicht
die krieger dieses strammen lands &
knechtvolks hört wie sie rülpsen im
grab dieser üppigen wiesen gut
dreissig jahre durst & müde lust im
harnisch die architektur eines rüstigen
knochenbaus jetzt ist der himmel der
dachstuhl ihres pferds das krachen
der wetter bis aus dem winterkadaver
endlich ein frühling knallt der ihre
banner hisst den stolzen stengeln
welch ein schlachtfeld vor dem herrn

X
linksschultrig hier die
fersenhaut verpflanzt wer
mir die kehle schnürt der
hört mein herz im takt & was
da hüpft steht auf dem blatt
das meine schwäche trägt &
fällt

XI
messias ohne himmelfahrtskarte
wimmerst du wie ein schaf das
sich ins eigne fell beisst mit wolliger
bitterkeit auf dem gaumen ein
schlafabteil in den augen hast
dich verlaufen auf deiner prozession
um die eigne achse ein wollüstiges
bild für einen hirten auf der hatz

XII
am weg am strassenrand am
rand der welt das bin ich wie
auf versunkenem posten
eine bibliothek euch in pfützen &
schlaglöcher gepflanzt acht
barer unterbau für einen
karren voll mist

farolito

vielleicht ist das was ich mein
leben nannte nur der schatten
des skorpions der dort seit
jahren an der wand klebt nur
ein schatten noch auf der
vertrauten werbung des licht
spiels für eine neue welt
in den händen eines
mörders der wieder einmal
unschuldig blieb als der strom
ausfiel & der film riss vor
meinen augen das arme
tier vielleicht gab es sich
endlich selbst den er
lösenden stich nachdem
das alte herz unter seinem
panzer den wurm bekam &
mit ihm das verlangen end
gültig in die flasche zu
fallen & zu erstarren im
bernstein des mescals

unbekannt verreist

eines morgens werden wir statt
der pässe ein sterbenswort
wechseln müssen den finger von
der landkarte aufs herz legen es
hält schon lang nicht mehr schritt
& die klappen mit dem papier
messer öffnen bevor die
post abgeht & wir mit einem
trauerrand unter den augen
abschied nehmen

fruchtbares land nie

dass ich im ab
ruf warte ein
lebenslang auf
schluss zu
stimmung in
den eingeweiden ein
schweres blühen im
kopf bald
schädeltraumaknospen
das weiss ich

das lange leben

auch nach dem tod wird es nichts
als einsamkeit geben nur einen engel
der die augen zudrückt & einen
der dich aufweckt mit dem
heiligen geist den du ex mit ihm
trinken wirst bevor er dich
wieder allein mit der flasche
lässt die vielleicht wie eine dumme
hoffnung sich niemals leeren
wird allein mit den schäfchen
wolken deiner zigarre die
die lächerlichen lippen einer
frau nicht ersetzen können die
blasse hand einer verdammten
magdalena die dir feuer gibt
in dieser tristen zähigkeit sein
herz noch schlagen zu hören
für ein leben das du überhast &
wieder wie den tod

III
B sagen

Daß im
Alphabet
Nach A B kommt und nichts
sonst. Euch ists recht
Aber mir ists ganz ärmlich.

an der flasche molotow der deutsche
gruss ein mordsspass wenn die
über schultern fliegen advent
advent ein lichtlein brennt
GOTT IST EIN AUSLÄNDER zünden
ihm den himmel an & deutschland
wird über allem lassen uns
nicht länger auf die glatzen
spucken wer anders ist den
ändern sie den mag der tod
dann in den armen wiegen sie
sind erwacht schon in der ersten
nacht unseres tausendjährigen
schlafes in den brutkästen
dieses kalten landes in dem
ein kind mit brandsätzen zu
sprechen lernt denn wie der
vater so der sohn so der geist
der in der flasche steckt

salto mortale

EINIG puls schleudern die köpfe drehfrag
ment denen mit wasserwerfern west &
ostwärts die richtige mischung dreck
schleudern die köpfe waschen schleudern
denen umdrehen kreislauf die gurgeln die
fressen idyllenbunker die polieren für
ein sauberes land denen DEUTSCH

freihandelszone

ich bin so frei & schuld mein
erbe ihnen ein unwertes leben in
der konkursmasse der rinderhälften
hier in reih & glied & stottre mit
dem gold in den faulen zähnen
meine zinsen ab der freibank am
ring der sieben weisen den sie mir
durch die nase zogen auf dem
freien markt den schmerz ab
zuhängen der mich verfolgt wie ihre
schlachtbolzen & devisenspritzen
die mir zwischen den frei
konvertierbaren arschbacken ein
nummernkonto freizügig
einrichten bis sie mich abschreiben
können & mein bisschen aschenerde
dem toten briefkasten überweisen eines
freien landes

überraschungsei

das taxi der gringo
ein mädchen
öffnet die tür
ihm zu füssen
die abtrittsgebeugten
schenkel nimmt er
im tangoschritt
zaubert zum schein
sein schlecht
echtes gewissen
selbst ist der mann
rollt das papier
packen wirs an
zum strohhalm für
eine dritte welt
deren stoff er in
seine feine nase
fördert aus
dem nabelloch der
madonna mit
der dunklen haut die
sie mit cocablättern
auf den bajonetten
schliffen dass
der herr sich
spiegle auf
seiner himmelfahrt

im gleitcremeglanz
wenn er das paradies
erobert & die
segel setzt dem
fliessband seiner träume
das laufen muss im takt
bis er den arbeitsplatz der
hure rationalisiert die
weihnachtsvergütung
zurückschiebt in
die eigene tasche zugunsten
seiner nächsten investition
für eine bessere
zukunft in
der sich die leeren
bäuche BABYBLÄHBAUCH AN
TROPENBLUT MIT SCHNEE
GEFÜLLT VOLLENDET MIT
EINEM SCHUSS
füllen lassen

ketzer

IN IRLAND GIBT ES SCHÖNE
GRABSTEINE wenn du
grambeschleimt die ex
kommunizierten knochen
austrocknen willst im
schoss gottes grünster
isolationszelle wo der
stechginster die
brandungsmauern wie
stacheldraht umzaubert &
die toten zum
abendmahl das hungertuch
decken auf irlands
SCHÖNEN GRABSTEINEN

IN IRLAND GIBT ES SCHÖNE
GRABSTEINE wenn du
die augen mit dem grünen
star nicht schliesst
mit scheuen händen &
die zunge beugst des
stellvertreters
fingern mit der
falschen münze &
dem nachgeschmack von
aidshandschuhen &
hagebuttensirup amen

dann wirst du am siebten
ruhen wie alle anderen
ruhen unter irlands
SCHÖNEN GRABSTEINEN

IN IRLAND GIBT ES SCHÖNE
GRABSTEINE wenn du
dichter rösten magst die
brennen wie von selbst
wenn sie nicht durch
gebrannt sind vor
der zeit oder du es
blutig englisch liebst
aber komm nimm dir
ein braunbier & eine
handvoll der hoden
im hostienteig setz
dich zu uns auf irlands
SCHÖNE GRABSTEINE

königsspiele

›Thus we'll gratify the king,
Well send his head by thee; let him bestow
His tears on that, for that is all he gets
Of Gaveston, or else his senseless trunk.‹

Christopher Marlowe, Edward II.

warum lieb ich dich mein
gaveston so alle welt
dich hasst in meinem reich
auf meinem inseltisch der
nun ein spielfeld zwischen
brandungsbanden unsren
feinden gibt als deren
bälle blanke äpfel gehn die
sie von deinem stamm sich
schnitten mit solchem
speer in ihren händen dies
turnier zu stossen um mein des
königs heissbegehrtes hinterteil
doch fehlt bei gott dem herrn der
kugel dritte noch dein
kopf den lass ich nicht als
krone trag ich ihn auf
meinem zepter möge jeder
hier sehn wie ich zu
meinem freunde stehe

abendrand mit todesstreifen

diese nacht haben wir noch unseren
schubkarren aus bronze den mond
mit auf die halden zu nehmen wo wir
uns die liebe erklären mit den um
ständlichsten worten die uns blieben
morgen schon sind wir ein körper
weit unter der sonne ein land doch
heut noch will der mond die sichel
sein

der schattenlauf der frühen
sonne balkentanz & strom
übers land gespannt wie
lautenstahl im gehäuse ver
stimmtgesichter
(klangkörper)

richtungweisende prüfung

wird der untersuchung einer u. a. über
gegebenenfalls hausdurch strichunter
nenner auf dem in haft gebracht also
unter vertieft eingehend also gemäß
so der findet wer unter der hand weiß
jeder übergeordnet dass was gewicht also
nach unten wo gesetzt dass nicht eine
tischplatte oder der boden tatsache
ist gestellt nach dem stand der ding
fest zu machen unter zuoberst ge
rechtigkeit nichts darunter als die
wahrheit bei gott oben unter um
ständen wie siehe oben diesen also statt
gegeben

trautes heim

ornamente obdachlos putzvorhäute schnellen
in den lackregenguss schwellen die hinter
backen besetzter atlanten in die sich ab
zugsschächte rammen frei den fingerspitzen
standhafter säulenschwungjünglinge deren
verzückte lockengesichter abgemagert als
fragmente posieren den fensterbänken der
baucontainer GLÜCK ALLEIN in der schädel
bruchbepflanzung ein gänseblümchen das
sich aus den augwurzeln treibt setzt auf
farbe im roulette der abrisskugel die sich
ruhig über den dachkamm schiebt & auf die
sonne prallt

personenbeschreibung

kopie angenommen tonermangel
blaupausenpoet verbrechermütze
über dem linken ohr sachdienstlich
existenzausstoss hoppla wir leben
ungenügend fehlfarbenidentitäten
etwas schwachbrüstig introvertiert
augen gewinnend unschärfefaktor
ein gläsernes kinn spektral
zerschlagen mutmasslich abweichend
perforierte halsmuskulatur
papierstau besondere merkmale
schnittstellen keine

daheim wo selbst das leben von unserm
märchenkönig selig mit seeblick ins
schloss fiel brach ich aus auf & davon
lang schon bevor es dunkel auferstand im
bierfilz allerorten das aufgeschwommne
haupt unter seiner neuen krone aus schaum
der mir in der backstubn schon früh vorm
mund stand wenn die backpfeifen mir wieder
ins gesicht pfiffen wie nachher die hosianna
orgeln der alten betschwestern & blut
jungen ordensbrüder des himmlerreichs auf
deutschem boden wo sie die kirche & die juden
nicht im dorf lassen wollten mit dem wir
beide lieber ludwig unser kreuz hatten
du zu wasser schliesslich ich zu land über berg &
isartal bis ich dann endlich überm teich war
im gelobten land von dem sie erzählen dass es
der liebe gott schon sein eignes nennt der
zweite bayer der nicht heimkehren will aus dem
exil

hampelmann

kann sein ich bin & bin es müde
kann sein mein haar wird grau &
grau das leben ohnehin kann
sein auf sinn das reimt sich
nicht & sinnlos zähl ich meine
tage kann sein seinlassen kann
ichs nicht & lassen doch von mir

mayflower

& wird der sinn dir schwer
& schwach der mut nach
jedem wort die lippen bitter
& bittrer noch vor
jedem neuen
& legt die stirn in
falten wie die erde für
ein grab
sich
dann leg dich als
ein freund dazu
& lass die hoffnung
fahren
dann lass sie
fahren
auch ohne dich

einem unbekannten emigranten

alles löst sich
schliesslich mit der schmerz
tablette in diesem schmutzigen
wasserglas dem sturm geht
die luft aus den lungen die
ventilatoren drehn
sich nicht mehr & der
rauch bleibt im zimmer im herz
der defekt meine füsse
zu schwer
mir aus den augen zu gehn wie
aus dem land aus dem ich
kam ein wenig tot schon &
doch zu stark zu sterben &
noch immer zu schwach für
den schmerz der kam mit mir &
blieb wie ich aber der ich bin
war ich längst von anfang an
vertrieben aus einem leben das
gewartet hat immer nur &
überall eins zu werden mit mir
endlich

selbstauslöser

ich schreib zuviel vom sterben &
lass mirs schlecht bezahlen für
ein paar groschen nur schau an
kannst du mir bis ins mark
schauen & mein seelchen wie
nen kaugummi aus dem herz
automaten ziehn der dir meine
gefühle pumpt wenns dir
schlechtgeht & du ans sterben
denkst wie ich zahl ichs dir heim &
schreib

Die Motti der Kapitel sind entnommen:
Bertolt Brecht, Der Untergang des Egoisten Fatzer.

Inhalt

II
Blank

III
B sagen